꽃을 찾을 때도 나는 술래가 된다

꽃을 찾을 때도 나는 술래가 된다

2021년 12월 10일 1판 1쇄 발행

지은이 · 김성호
펴낸이 · 유정숙
펴낸곳 · 도서출판 등
기　획 · 유인숙
관　리 · 류권호
편　집 · 김은미, 이성덕

ⓒ 김성호 2021

주　소 · 서울시 노원구 덕릉로 127길 10-18
전　화 · 02.3391.7733
이메일 · socs25@hanmail.net
홈페이지 · dngbooks.co.kr
　　　　밝은.com

정 가 · 10,000원

꽃을 찾을 때도 나는 술래가 된다

김성호 시집

삶과 동행하는 시

　지난 2년은 코로나에 심신이 제대로 기를 못 펴고 살지 않았나 싶습니다. 제가 좋아하는 야생화를 찾아 산과 들로 여행을 할 기회가 많지 않아 꽃을 소재로 한 시들이 많이 줄었고 코로나와 관련된 시편들과 지구온난화로 인한 폭염과 열대야를 소재로 한 시편들이 시집 귀퉁이에 작은 집을 차지하게 되었습니다. 삶을 떠난 시와 난해한 시는 장식이나 과시일 뿐이라는 저의 생각이 반영된 삶과 동행하는 시집입니다. 전 인류가 코로나라는 암흑의 터널을 통과하고 있고 아직 출구가 명확하게 보이지 않는 이때에 희망과 위로의 기운을 조금이라도 보태고 싶은 마음에 더 이상 미룰 수 없어 용기를 내어 일곱 번째 시집을 내게 되었습니다.

삶의 일상과 계절의 변화에 뿌리를 두고 생로병사에 대한 성찰을 길어 올리려 애쓴 저의 선하고 순한 시편들이 세상 아픔들을 어루만지는 따뜻한 손이 되어 삶의 활력을 찾아주는 동력이 되었으면 하는 바람입니다. 저는 위드코로나라는 표현을 좋아하지 않습니다. 적어도 내년에는 한반도에 진정한 평화가 찾아오고 엑소(엑소더스)코로나 하기를 빕니다. 자식 같고 친구 같은 시에게 집을 지어주게 되어 그간 미안했던 마음을 털어버리고 기쁜 마음으로 저의 일곱 번째 시집의 변을 쓸 수 있어 감사하고 행복합니다. 제 시집을 찾아 읽으시는 독자님들의 일상에 건강과 평화를 기원합니다.

2021년 12월 김성술

차 례

작가의 말

제1부 성벽에 핀 꽃

제1부

성벽에 핀 꽃

들풀의 화법

쉼 없이 흔들리는 들풀은
바람이 하는 말을 듣는 중이다
누구하나 봐주는 이 없어
바람도 오수에 든 철길 변
들풀의 몸짓이 수상하다
기차에 몸을 의지해 달리는
사람들을 반기느라
바람에게 들은 말을 전해주느라
온몸을 흔들고 있는 것이다
언제 우리가 들풀처럼
바람의 말에 온몸을 맡긴 적 있는가
언제 우리가 들풀처럼
그 누군가와 소통하려고
저토록 몸을 낮춘 적이 있던가
들풀의 화법이 경이롭다

성벽에 핀 꽃

치욕의 역사를 지고 서있는
성벽 앞에서 슬픔을 말하지 마라
고집스런 저 돌덩이 앞에서
사랑과 이별의 시를 쓰지 마라
얼룩진 눈물이 화석이 되어
그림이 되고 문장이 되었다
지금껏 성벽이 버틸 수 있는 힘을
인간의 세치 혀에서 나온 말이나
그려진 글에서 나온 기록들로
짐짓 말하지 마라
성벽에 터 잡고 때 되면 피어
눈을 즐겁게 하고 아픈 몸뚱이를
어루만져주는 꽃들이 있어
성벽은 무너지지 않고
지금껏 버티며 살아온 것이다

꽃이 되다

꽃과 사람의 인연은 다르지 않다
꽃을 잘 찍으려면
꽃의 마음을 먼저 얻어야 한다
꽃과의 인연도 신이 허락지 않으면
기회를 얻기 어려우니
먼저 신의 마음을 얻어야 한다
사랑하는 사람을 만나듯
꽃을 만나고 꽃을 대하지 않으면
바람을 붙잡고 길을 묻는 것과 같다
귀한 인연에는 인내가 따르듯
귀한 꽃과의 인연도 다를 것이 없다
꽃과 인연을 맺는다는 것은
내가 세상에 꽃으로 피는 일이다

꽃의 반란

조용하던 깊은 산속에
발 빠른 움직임이 감지됐다
하늘이 뿌려주는 빛이
적다고 반기를 들고
어둠도 기침하지 않은 시간
산속 골짜기가 들썩였다
꽃이 핀다는 것은
세상이 더 밝아지는 일이기에
신에 대한 불만의 표현이다
눈이 다 녹지 않은
깊은 계곡의 바위틈에서
누가 신의 뜻을 거역하고
빛을 밝힐 수 있겠는가
신의 걸음을 넘어선 그곳에
무릎꿇고 앉아있는 나는
꽃의 반란의 공범이다

헐떡이풀

괴이한 이름을 가진
들꽃을 보면 이름과 달리
너무 예쁜 모습에
눈을 의심해야 할 때가 많다
천식에 좋다고 해서
헐떡이풀이라 지었다곤 하지만
너무 노골적인 이름을 붙여준
사람들의 경박함에
너에게 미안한 마음이 든다
사람에게 이로운 약재이기 전에
짧은 생만 허락된
너도 꽃이 아니었더냐
너를 만난 뒤로 꽃을 볼 때
이름으로 보지 않고
꽃의 향기만 보기로 했다
향기의 언어가
꽃의 이름이기 때문이다

새깃유홍초

별의 모양은 다양하다
별은 스스로 빛을 내는데
그 빛의 방향을
아름답게 상상해 그린 것이
지금의 별이 되었다
무수히 많은 꽃이
별모양을 하고 있는 것도
우연이 아닐 것이다
빛을 품고 그 빛을
향기로 돌려줄 줄 아는
대표적인 피조물이 꽃이다
별이 된 새깃유홍초를
보고 있으려니
우주가 나를 찾아왔다

꽃과 시

꽃이 있어 나의 시가
더 풍요로워졌고
그런 나의 시가 있어
꽃이 더 행복해했다
시를 쓰기 시작하면서
세상과 거리를 두는 일이
어렵지 않게 된 것처럼
꽃과 가까워질수록
세상의 미련도 하나씩
지워갈 수 있었다
내가 시를 왜 쓰는지
꽃을 왜 좋아하는지
그들이 품고 있는
진실한 삶의 언어를
지켜가고 싶었는지도

금괭이눈

눈이 달린 꽃을 보았는가
어두운 곳에서도 빛을 밝히는
고양이의 눈을 가진 꽃
바위의 숨길을 찾아 꽃을 피운
금괭이눈은 심산유곡을 밝히는
금빛악사들의 세상 나들이
금맥은 사람의 눈을 멀게 하지만
금괭이눈은 영혼의 눈을 뜨게 하고
청정한 금빛 삶을 보여준다
그레고리언성가나 회심곡 같은
천상의 가락을 연주하는 꽃
그들이 부르는 노래를 들으러
올해도 팔현계곡을 오른다

꽃과의 인연

사람과 사람의 인연은
개별적이고 구체적이지만
사람과 꽃의 인연은
일반적이고 추상적이어서
만남이 편해서 좋고
내가 느끼는 대로 생각해도
문제 삼지 않아서 좋다
사람과 사람의 인연에서는
내가 잘못하지 않더라도
상처를 받을 수 있지만
꽃과의 인연에서는
꽃이 실수 할 일이 없으니
상처받을 걱정도 없다
꽃과 인연을 맺고부터는
사람과 사람의 인연에서도
내가 꽃이 되기로 했다

접시꽃 동화

사연 없는 사람이 없듯
사연 없는 꽃도 없습니다
접시꽃이 키가 큰 것은
그만큼 사연이 길어서입니다
슬픈 사연도 꽃처럼 피면
한 편의 동화가 됩니다
하늘도 올려다보지 않고
땅도 내려다보지 않습니다
누구에게 기대지도 않고
오로지 앞만 보고 삽니다
그의 키만큼이 그의 세상이고
그의 사랑의 크기입니다
올해도 접시꽃은 피어
예쁜 동화를 들려줍니다

꽃처럼 살리라

별모양을 하지 않은 꽃이 드물고
향기를 품지 않은 꽃들이 없다
부러운 것 다 가지고 있어도
수줍게 얼굴을 보여주는 너는
내가 아는 신의 모습이다
일부러 발품을 팔지 않아도
벌이 찾아와 세상 얘기를 들려주고
나비도 날아와 네 주위를 돌며
춤을 추면서 너의 향기를 나눈다
별이 되는 사람은 드물다
꽃의 향기를 내는 사람도 드물다
하루를 살아도 너처럼 살다가
벌과 나비의 발길이 끊긴
바람 한 점 없이 쓰러진 저녁
하늘의 별이 되어 날아오르리라

동강할미꽃

할미한테서 매력을 느낀다는 것은
신의 경지가 아니고는 어려운 일이다
동강의 할미는 다르다
무덤가에 피는 할미꽃에게
고개 숙이는 법을 배워야 한다던
오래전 고인이 되신 스승님의 말씀이
무색하리만큼 고개를 바짝 쳐들고
존재감을 마음껏 뽐내는 꽃이
우리나라에서만 볼 수 있는 동강할미다
외세에 의지해 일신의 영달을 취하는
모리배들이 득세하는 세상을
비웃고 꾸짖기라도 하듯 바위에 피어
자존감을 한껏 올린 우리꽃
어찌 그 기개에 무심 할 수 있으랴

자귀나무꽃

어떤 나무기에 저리도 신비한
무지개가 많이 피었을까
어떤 신선이기에 오색부채를 들고
더위를 조롱하고 있는 걸까
어떤 새가 색시처럼 곱게 차려입고
소리 없이 노래를 하는 걸까
낮에는 단정한 여인의 모습으로
밤에는 색기 있는 여인으로
사랑을 지켜가는 꽃이 어디 있을까
나에게 땅 한 평만 있다면
자귀나무를 심어 무지개도 맘껏 보고
부채를 든 신선과 삶도 논하고
소리 없이 노래할 줄 아는 새에게
인생의 덧없음도 깨닫고
사랑하는 기술도 배우고 싶다

야고는 난(蘭)이다

난지도 이 아름다운 이름을 가진 섬에
쓰레기 매립장 만들 생각을 했을까
이기적인 인간의 생각은 눈도 멀게 한다
도시가 땅을 따먹어 들어가면서
하늘공원이 조성될 기회를 얻었다
쓰레기 더미로 버려진 땅을 흙으로 덮고
얕은 흙의 밀도에서도 잘 살 수 있는 억새를
제주도에서 가져다 심었는데
억새와 함께 이주해온 기생식물 야고가
초가을이 되면 숨어 꽃을 피운다
이때가 되면 나는 매년 난지도 억새숲에서
인연 찾아 헤매느라 한나절을 보낸다
난지도에 사는 제주댁 야고를 보기 위해

나는 구와말입니다

나를 꽃으로 봐주기에는
너무 작고 보잘 것이 없는지
찾는 이가 거의 없다
국화잎 닮은 말이라 하여
구와말이라는 어려운 이름 때문에
이목을 끌지 못해도
불평을 할 일이 아니고
당연한 업보라 여기고 있다
벼가 누렇게 물드는 하루
누군가 나를 열심히 찾는 것 같은데
아주 작은 몸집인데다
꽃이 피지 않으면 찾기가 힘든데도
잡초 같은 나를 용케 발견하고는
신기한 듯 한참을 앉아있다 가더니
나를 보러 보름 사이에
예닐곱 번을 넘게 다녀갔다
활짝 핀 나를 보지 못하고
돌아서는 발걸음 얼마나 무거웠을까

그 발걸음이 일 년을 기다리는 것이니
작년에 왔던 그가 다시 찾아왔다
올해 세 번째인가 발걸음했을 때
나의 눈과 딱 마주쳤다
나의 얼굴이 그의 눈 속에서
한참을 흔들리고 있는 것을 봤다
그때 비로소 나는 꽃이 되었고
구와말로 태어난 것이다

헛꽃의 생애

살아있는 생명체 중에
헛된 것이 있을까
헛꽃으로 피어 열매를 맺지 못하고
한생을 마감하는 꽃이라서
헛꽃이라 부르지 마라
사람 중에 자식을 두지 못했어도
빛으로 살다간 이들도 많다
헛꽃의 유혹이 없었다면
꽃인 줄도 모르고 스쳐지나갔을
벌과 나비들을 기억하라
헛꽃이 바람을 막아줘
꽃이 열매를 맺을 수 있음을 알라
헛된 삶을 살았다고
자책하는 사람들이 있다면
헛꽃의 생애를 배워라

꽃길

꽃을 찾아가는 곳에는
정작 꽃길이 없다
꽃이 핀 그곳에는
길도 없고 시간도 없다
꽃을 보는 순간
시간은 정지된다
시간도 비껴선 그곳엔
욕심도 불만도 없다
꽃길은 사람이 다니는
정해진 빠르고
드러난 길이 아니고
변덕스런 바람이
배고픈 짐승들이
시간의 눈길을 피해
새로 낸 길이며
그런 삶을 사랑하는
내가 만들어낸 길이다

솔나리 연가

내가 솔나리를 좋아하는 데는
연분홍색에 주근깨가 박힌
소녀의 앳된 모습이어서만이 아니다
추위에 많이 약한 꽃들이
고산지대에서 자생하기는 힘들다
솔나리가 복중(伏中)에 피는 이유다
거친 바람을 피하기 위해
잎이 솔잎처럼 가늘고
줄기 위로 올라갈수록 잎이 성글다
바람에 몸을 지탱하기 위한
조건을 만들었다고 볼 수 있다
솔나리가 굳이 해발 800미터가 넘는
높은 산에 터를 잡은 이유가
먼 곳까지 힘을 들여서라도 찾아와
눈길을 주는 특별한 인연을
만나고 싶어 했는지도 모른다

꽃의 약속

동강할미 진다고 동풍이 창을 두드린다
바람꽃 운다고 새 한 마리 날아와
한나절 내내 가슴을 후벼파다 날아갔다
내년엔 더 예쁘게 단장하고 기다린다했는데
또 보러 오마 굳게 다짐했는데
코로나 입김에 갇힌 몸뚱이가 눈치를 본다
화개불사춘 나에게는 그렇다
내년엔 꼭 가겠다고 바람에 안부를 전하지만
사람과 사람의 약속도 깨지기 쉬운데
나를 기억하고 반겨줄 꽃이 있을까
수 백리 떨어진 곳에 사는 그리운 너에게
나를 잊지 말아달란 말은 못하지만
꽃들이 약속을 입에 물고 필 그날이 오면
엎드려 네 입술의 향기에 취하고 싶다

꽃의 불심

해가 녹아내리는 한여름에
불심이 없다면 꽃을 열지 못한다
연꽃을 신성시하는 이유다
들꽃들이 배냇짓하는 춘삼월
불심으로 피운 꽃이 깽갱이풀이다
누군가는 그 꽃을 보았고
꽃에서 불심을 읽었는가 보다
여름에는 연꽃에서 불심을 찾지만
춘삼월에 불심을 만나고 싶으면
보랏빛향기 머금고 산자락에
듬성듬성 자리잡고 좌선하는
깽깽이풀을 만나러 가시면 된다
산에 피는 연꽃 깽깽이풀의
깽깽이란 말은 마음을 비어내는
해탈의 소리가 아닌가 싶다

꽃이 커졌다

꽃은 보는 만큼 커진다
발밑에 있어도 보지 못한 꽃
저만큼에서도 보였다
눈에 잡히지 않던 꽃들이
저만치서도 보일 만큼
날 부르는 손짓과 목소리가
커지면서 따라 커졌다
인연도 만날수록 커지듯
여러 번 눈맞춤이 오간 꽃은
인연이 커가는 만큼
해 바뀔 때마다 커졌다

고장 난 꽃시계

어린시절 고향동무한테
꽃시계를 선물 받은 적 있다
어릴 때는 사내 계집이 따로 없다
다 동무였으니까
시계가 정말 귀하던 때라
풀꽃시계로도 시간은 잘 갔다
언제부턴가
꽃시계가 빨라지기 시작했고
꽃시계만은 믿었는데
급해져가는 사람들 욕심 탓인가
열흘도 넘는 오차가 생겼다
빨리 피면 빨리 져야 하는
자연의 이치를 거역할 피조물이
하나도 없지만 올해도
꽃시계는 사람을 따라간다

립스틱 물매화

가을의 빛깔이 정해지면
립스틱 짙게 바르고
사랑을 기다리는 여인이 있다
일 년을 기다렸다 해도
일 년을 기다리게 했다 해도
립스틱 짙게 바르는 것은
기다림에 지쳤다는 언어이다
사랑에 절망한 여인이
또 다른 사랑을 찾으려는
운명적 빛깔이기도 하다
올해도 립스틱 짙게 바른
여인을 만나러 가지만
기억 속 그녀의 사랑이 아닌
낯선 언어로 화장을 한
또 다른 사랑이어야 한다

꿩의 가족

꿩의다리, 산꿩의다리, 금꿩의다리, 은꿩의다리, 자
주꿩의다리, 연잎꿩의다리, 꼭지연잎꿩의다리, 꽃꿩의다
리, 겹꿩의다리, 꿩의다리아재비, 꿩의밥, 산꿩의밥, 별꿩
의밥, 꿩의비름, 큰꿩의비름, 새끼꿩의비름, 세잎꿩의비름,
둥근잎꿩의비름, 꿩의바람꽃..

꿩의 성을 가진 꽃의 이름만 나열해도 한 편의 시다
다 보지 못했으니 완성된 시는 아니다
아직 보지 못한 저들을 찾아 헤매듯
완성된 시 한편을 얻기 위해
얼마나 더 많은 발품을 팔아야 할지
얼마나 더 울고 웃어야 하는 건지
장끼와 까투리의 사랑은 해 넘어 가는 줄 모르는데
이러다 나도
꿩의 가족이 되어 시가 되는 건 아닌지 모르겠다

지네발란

누가 자기 몸에 착 달라붙어
살아가는 것을 허용하기는 쉽지 않다
바위나 나무에 착생해야만 하는
지네발란의 삶이 순탄치만은 않다
사람은 미소를 지어 마음을 얻는다면
식물은 꽃이라도 예쁘게 피워내야
더부살이 신세를 이어갈 수 있다
한번이라도 지네발란의 꽃을 봤으면
바위와 나무가 그들과의 동거를
허락했는지 이해가 갈 것이다
사람도 살아가면서 지네발란과 같은
거절할 수 없는 무기 하나는
가지고 살아야 하는 이유이다

제2부

깡통에게 경례

깡통에게 경례

한 대 차이면 아프다 항의하고
상대방 발을 아프게 해서
다시는 발길질 못하게 하는
깡통의 삶이 뭐가 못나서
빈 깡통이 요란하다고 하는 건지
한 대 맞고도 아프다는
외마디조차 속으로 삼키고
한 대 더 맞을까봐 눈 깔고
숨 줌이며 사는 지못난 인생들아
만만한 화풀이 대상으로
깡통을 함부로 걷어차지 마라
차이고도 고개 숙이는
네가 못난 인생인 것도 모르고

빙목

뿌리 없는 나무다보니
그의 생은 짧다
바람에 흔들리지 않으니
꽃도 피우지 못하고
열매를 맺지 못하니
찾아오는 새들도 없다
얼어붙은 연못 위에
밤새 누군가 찾아와
수묵화를 그려놓고 갔다
잎과 꽃이 없는 것이
찾아와 보아줄 사람이
없을 줄 알았는지
그리다만 그림 같았다

열섬

섬 이름치고 유혹적이지 않은 것이 없다
무의도, 을숙도, 풍도, 청산도, 소안도...
일일이 그 이름을 열거하려면
하루해를 빌려도 모자를 것이다
낭만과 여유가 둥지를 틀고 있는 곳
시간이 뒷짐 지고
몽돌의 수다를 들으며 걷고 있는 곳
계절의 순시를 거부하지 못하고
열섬이란 인공섬에 갇혀
하루해와 동거를 해야 하는
모든 살아있는 것들의 안위가
간섭당해야 하고 저주를 자초한 우리에게
섬을 가장한 지옥의 섬 열섬은
그 이름도 유혹적이지 못할뿐더러
악마의 미소인 치명적인 독을 품고 있다

코로나가 준 선물

코로나 때문에 많은 것을 잃었다고 한다
건강하지 못하면 행복을 누릴 수 없다
행복을 잃은 것처럼 보이지만
정작 우리는 더 많은 행복을 얻었다
일상에서 얻을 수 있었던 사소한 것들이
코로나 때문에 행복인 줄 알았고
그만큼 우리가 손쉽게 누릴 수 있는
행복의 숫자가 늘어난 셈이다
언젠가 코로나는 떠나갈 것이고
그가 남겨 논 행복들은 남아있을 것이다
건강하기 위해 행복을 구하는 것이 아니고
행복하기 위해 건강해야 하는 것이기에
코로나가 우리한테 빼앗아 간 것보다
준 것이 더 크고 많다는 걸 알아야 한다

따듯한 시집

출사를 가면서 배낭에
시집을 몇 권 챙겨 담았다
전철을 타고 배낭을 끌어안고 앉았다
히터를 틀지 않은 것 같은데
무릎 위가 따듯해져 왔다
순간 배낭에 담긴 책의 모태가
나무란 걸 잊고 있었다
시집 속에 있는 시들 중에는
따듯한 말들이 들어있고
나무를 칭찬하는 글도 있으니
시의 말들이 배낭을 나와
나의 무릎에 온기로 답례를 한 것이다
이 시집을 받아 든 사람들도
따듯해졌으면 좋겠다

광녀(狂女)

탄력적으로 나이가 들쯤이면
무서운 대상도 줄어들어야 한다
그럼에도 무서운 것이 더 늘었다
초열대야란 세기적 괴물이 나타난 것이다
자연과 동행하는 삶을 좋아하기에
문명의 산물에 그닥 욕심이 없어
특별히 무서워하는 것 없이 사는데도
자연의 분노나 광기에는
평화롭던 세포도 리듬을 잃고 만다
몸과 마음을 낮추고 살아도
초로의 나이테에 만족하며 살아도
초열대야의 동침요구에
내 의지와 상관없이 반응을 하는 것은
어둠 속에서 웃으며 옷을 벗는
광녀(狂女)가 아니고선
도저히 상상할 수 없는 일이다

소신공양

무슨 이유로 저리 붉게 타는가
여백의 삶을 좋아한 이유로
서 있어야 할 곳에 있지 못하고
있어야 할 것이 빈손을 내밀고
개울물처럼 흐르던 바람이
서릿가을 가슴 골짜기에
얼굴도 보여주지 않고 달리고
아 어찌 하루를 밝히란 말인가
뜨겁게 불을 지펴주고 있는
저 잎새들의 보시가 없었다면
진정 가을이 깊어져서야
네가 소신공양하는 깊은 뜻을

시의 조건

시를 기다리는 인내의 시간은 길고
시를 쓰는 행복의 시간은 짧더라도
기다림과 행복의 산물인 시가
과거로 날아가 추억을 물어 오고
지금의 막막함을 찢는 빛이어야 하고
미래를 준비하게 하는 꿈이어야 한다
기다림이 없는 시
행복을 모르는 시
삶과 하나가 되지 못하는 시
가보지도 못한 바다 건너에 사는 시
발길 닿지 않는 산속에 숨어 사는 시
하늘로 가는 시만 고집하는 시처럼
기다림, 행복, 삶이 빠진 시는
죽은 언어의 공허한 노래일 뿐이다

존재의 조건

몸은 채마밭에 갇혀있지만
철조망 틈을 비집고 나와
자신의 존재를 알리고 있는
가냘픈 메꽃을 보는 순간
내 영혼도 꽃으로 피어났다
삶이 그대의 육신을 가두더라도
영혼만은 갇히지 마라
몸뚱이가 수고스럽다 해도
영혼은 삶을 넘어서야 하고
온몸에 멍이 들더라도
좁은 문을 박차고 나와야 한다
영혼이 갇히면 존재도 없다고
나에게 말하고 있는 꽃에게
차마 고개를 들지 못하고
한참 얼굴을 붉히고 말았다

그림자 찾기

흐린 날 그림자가 안 보인다고
그림자가 없는 것은 아니다
그림자와 일체가 된 자신의 육신을
들여다 볼 좋은 기회다
탁한 연못 속에서 핀 수련도
자신의 그림자를 감추려하지 않는다
환한 날 밟히는 자신의 그림자와
자신 있게 만나고 싶으면
어둠속에서 피어난 자신의 그림자를
외면하지 말고 잘 기억해야 한다
수련이 환한 연못 속에서도
그림자를 기억해내는 것처럼
환한 날에도 그림자를 잊지 말자

바람의 영혼

바람은 어디서 오는 걸까
깊은 산속 햇빛이 걸음하면
계곡이 열리고
아기 같은 물비늘의 미소가
바람을 잉태하는 시간
먼 바다에 사는 물고기들의
거친 날숨들이 모여
바람의 옷을 입고 뭍으로의
멀고 먼 여행길에 오른다
원하건 원하지 않건
내 몸뚱이에 잠시 머물다
떠나가는 바람들이지만
떠나지 않고 내 안에 남아서
그저 속없이 웃어주는 꽃처럼
좀체 앞이 보이지 않는 날
길이 되어주고 빛이 되어주는
바람의 영혼은 없는 걸까

갈대는 억울하다

갈대를 여자 마음에 비유한
동서양의 노래들로
작은 바람에도 흔들리는
지조 없는 존재로 낙인이 찍혔다
들판이 제 몸 다 내어주고
강 언덕이 더 가파르질 때
흔들리지 않는 것이 어디 있으랴
시골새댁 같은 구절초가
바람이 나 허리가 꺾여도
흉은 안 보고 향기만 좋다하니
갈대는 억울하기 짝이 없다
찾아갈 사람 없고
찾아올 이도 없는 이 가을에
당신 대신 실컷 울어주고
무시로 몸부림 쳐주는
갈대를 속이 없다 하진마라

술래

숨어 있는 시어를 찾아내느라
나는 항상 술래가 된다
길이 나있지 않는 산속에서
꽃을 찾을 때도 나는 술래가 된다
시어를 불러내기 위해서는
어떻게 유혹할지 머리를 짜내야 한다
꽃을 찾아 산속을 헤맬 때도
숨어있는 곳을 알아내기 위해
내가 알고 있는 지식들을
다 불러내 조립을 해야 한다
시어와 꽃은 닮은 점이 있는데
이들은 눈에 띌까봐 움직이지 않고
한곳에 붙박여 있다는 것이다
좋은 시를 쓰기 위해서는
진귀한 꽃을 찍기 위해서는
술래가 되는 것을 즐겨야 한다

고독을 찾아 나서다

고독은 나도 모르게
시나브로 젖어들기도 하고
불쑥 찾아와
오감을 닫히게 만들지만
좁은 공간의 공기마저 빼앗는
고독만 있는 것이 아니라
내가 찾아가 사정해야
마지못해 만나주는 고독도 있다
내가 찾아가 만나는 고독은
그와 함께하는 시간으로
삶의 활력을 돌려받고
영혼을 청소하기도 하는데
보이지 않는 것에 대하여
들리지 않는 것에 대하여
불만족한 것들에 대한
친구나 가족들이 주지 못하는
답을 들고 있기 때문이다
.

귀신은 죽었다

니체가 신은 죽었다고 한 것은
신을 살려보려고 한 말이고
귀신이 죽었다는 말 듣지 못했는데
인간백정이 거리를 활개치고 다녀도
잡아가지 않는 것을 보니
귀신이 죽은 것이 분명하다
살아있다면 꿈속에서라도 나타나
놈들을 잡아다 요절을 낼텐데
되레 귀신을 잡아먹고 나온 얼굴로
거리를 활보하고 다니니
귀신이 죽은 것이 분명하다
나라도 산 귀신이 되어
놈들을 잡아다 능지처참하리라

나이를 먹지 않는 나무

표지판에 적힌 나무의 나이는
10년 전이나 지금이나 같다
내가 천년 넘게 살았는데
더 이상 나이를 먹는 것이
무슨 의미가 있겠는가
마치 이렇게 말하며 서있는
신령이 깃든 듯한 나무를 보며
문득 이런 생각이 떠올랐다
내가 흔들리지 않으면
세상은 더없이 고요하고
내가 변하지 않으면
변하는 것은 아무것도 없다
천년을 넘게 산 나무에게는
표지판에 적힌 나이가
평생의 나이일지도 모른다는
생각이 들면서
나이 한 살 더 먹었다고
일희일비하며 살아온 내가
한없이 어리석고 부끄러웠다

기억의 무덤

기쁨의 순간도 묻혀있고
아픔의 순간도 잠들어 있는
지나간 시간은 나의 무덤
아쉬운 미련이 눈을 뜬 채
밤을 지새우고 있는 곳이고
버려진 내 몸뚱이의 조각들이
묻혀 있는 곳이기도 하다
쓸모없어 보이는 것 같아도
지금의 나를 거짓 없이 보여주는
거울이 걸려있는 곳이다
무덤을 지고 무덤을 향해
걸어가는 길 그 길가에는
꽃으로 핀 기억도 있지만
변명으로 도배돼 걸려있는
현수막도 함께 파닥이고 있다
무덤을 만들며 걷는 길은
또 다른 기억의 유혹에 끌려
떠나는 여행인지도 모른다

회한

가을빛이 너무 고와
나는 울었네
생각을 보태지도 않았는데
속절없이 눈물이 났다
누가 내 인생의 가을날
나처럼 울어줄 사람이 있을까
돌아서 간 사람들
나를 보고 웃어준 사람들
돌이켜보니 누구 한사람
소중하지 않은 사람이 없었다
나의 잘못이든 아니든
가을엔 회한의 색깔이 더 짙다
나는 오늘 그들을 생각하며
가을빛을 볼모로
한줌 눈물을 흘리네

첫눈에는 향기가 있다

첫눈 내리는 날
아무런 약속이 없어도 좋다
첫눈 속에 사랑이 있고
사랑하는 이의 편지도 있다
첫눈은 깨지지 않는 약속이고
무덤까지 같이 가야 할
굳건한 믿음이고 희망이다
꿈속에 누군가
새하얀 등을 들고 찾아오면
첫눈이 오는 줄 알아라
창 밖으로 내리는 눈이지만
모두가 잠든 한밤중이지만
내 가슴으로 파고드는 눈은
향기를 지고 있어
언제부턴가 난 눈의 향기를
맡을 수 있었다

두고 온 그림

지난 날 풍경들이 모두 그림이라면
산다는 것은 그림을 그려가는 것
지금 내가 그리고 있는 그림은
가까이 다가가 볼 수도 있고
욕심을 내 만져볼 수도 있지만
오래된 그림은 길이 없어졌거나
너무 멀고 색까지 바래
그 그림들이 내 것이었나 싶지만
추억 속 그림이 된 풍경과 사람들이
문득 문득 그리워지는 날이면
지금 내가 그려가고 있는 그림이
언젠가는 두고 온 그림일 것이기에
흔들릴 때면 찾아오는 추억처럼
붓을 잡은 나의 손끝이 흔들린다

제3부

매미는 울어야 산다

풍경을 놓아주다

사진을 찍는 사람들은
카메라를 분신처럼 지니고 다니는데
나는 야생화를 주로 찍다보니
야생화 출사가 아니면 카메라에게
선심 쓰듯 휴가를 준다
풍경이 꽃처럼 다가와
눈앞에 그림이 막 그려질 때가 있다
카메라를 가지고 나올 걸
아쉬운 마음에 탄식이 터져 나오지만
풍경을 놓아주고 바라보니
나의 시선이 더 평화롭고 정확하였다
사진을 찍을 때 교차하던
생각들로부터 자유로울 수 있다는 것
풍경을 놓아주고 찍은
내 삶의 풍경사진이다

가을 벤치

사계 중 심신을 내려놓고
벤치에 앉아보고 싶은 때는 언젤까
그늘과 바람이 있다고 소문난
여름 벤치는 찾아가다가 지치고
양지든 겨울 벤치는 찾아가더라도
해가 짧은 겨울 날씨는 인색하다
심신의 무게뿐 아니라
시간도 함께 내려놓고 쉬어갈 수 있는
벤치가 가을 벤치가 아닐까 싶다
벤치에 쌓인 낙엽 옆에 앉으면
추억도 함께 찾아와 앉고
바쁜 해의 걸음도 뒷걸음질 친다
다른 계절의 벤치는 뿌리가 없어도
가을 벤치는 뿌리가 있다

안개별곡

안개숲을 걷는 것은
앞으로 가는 것이 아니라
뒤로 가는 것이다
길가의 집들과 들의 향기가
몇 십 년 전으로 돌아와
오래 전 고향과 추억을
그림으로 그려내고 있었다
안개에 갇혀있는 동안은
눈앞에 보이는 것들이
색다른 세상을 연출해낸다
강원도 골짜기 어디쯤
전생에 나의 널린 흔적들이
기다리고 있었는지도

표절

감성에 기근이 들다보니
섣달 추위도 내외를 하잔다
꿈속에서나마
허무함을 달래고 있는데
시가 살고 있는 액자가 눈에 들어왔다
허무맹랑한 꿈속세상이다 보니
어느 시인이 쓴 건지도 모르겠고
처음 보는 시지만 절창이었다
전부를 베껴와 내 것으로 만들고 싶었지만
기억력이 따라주지 못했다
가장 기억에 남는 시 한줄 외워와
겨우 시를 완성할 수 있었지만
표절을 한 시가 되고 말았다
법정에 불려 가면 나의
또 다른 세상을 표절했을 뿐이라고
변명을 늘어놓을 것이다

호랑지빠귀 1

언젠가 산사의 고즈넉한 밤
내 전신에 기름을 부어주던 울음소리
언젠가는 너의 우는 소릴 들으며
내 몸뚱이에 불을 붙여
너의 슬픈 영혼에
다 들어줄 수 없는 한 맺힌 사연에
붉고 긴 커다란 휘장이 되어
모두가 봐야한다고 펄럭여주고 싶었지

귀로 들어오지 않고 바로
가슴을 뚫고 들어와 영혼을 적시는
너의 울음소릴 듣지 못하는 것이
행인지 불행인지 모르나
설익은 영혼의 시고신맛에 온몸을 뒤틀며
한 번 더 나의 껍질을 벗겨내고 싶다

다 들어주질 못했는데
내 곁을 떠난 호랑지빠귀야
추위가 벌려 놓은 틈을 메우지 못하고
네 슬픈 영혼에 대한 환영에
어찌할 줄 모르고 하루가 눕는다

호랑지빠귀 2

서투른 휘파람 솜씨를 보면
덜 진화된 휘파람새 같기도 하고
악기를 채 길들이지 못한
초보 악기연주자 같기도 하고
죽은 사람의 영혼을 싣고
스틱스 강을 건너는
카론의 쉰 목소리 같기도 하고
새벽을 움켜잡고 시간의 벽에
사금파리로 시를 조각하는
무명의 시인 같기도 하고
내가 들었던 그 많은 새소리 중
다시 듣고 싶은 소리가
호랑지빠귀인 것을 보면
죽음과 밤이 한 몸인 시간
내가 부르지 못하는 노래를
호랑지빠귀가 불러줘서 인걸까

주방풍경

하루는 식당에 갔다가 무심코
주방에 눈길이 간적이 있다
큰 식당이라 주방장 말고
요리사들도 몇이 더 있었는데
주방장은 오케스트라를 지휘하는
지휘자 같았고 요리사들은
악기를 연주하는 단원들 같았다
어떤 요리사는 넋을 털린 채
짜여진 각본과 정해진 시간 속에
움직여야하는 무용수 같았다
지휘자는 말을 하지 않아도
눈빛으로 멋진 하모니를 만들 듯
주방장은 부드러운 눈빛으로
때로는 날카로운 눈빛으로
멋진 음식을 만들고 있었다
그날은 요리를 먹은 것이 아니라
향기로운 음악을 먹은 것이다

시인과 섬

나는 섬에 살진 않지만
시를 쓰고부터 섬에 살았다
바다에게 섬은 시다
그 시를 먹으며 섬에서 살았다
바다가 되고 싶은 날이면
섬은 나를 위해 초대장을 준비한다
내가 더 바랐는지도 모른다
시인이 갖고 싶어 하는
모든 것을 품고 있는 섬
오롯이 시인을 만나고 싶다면
시가 사람을 얼마나 그리워하는지
그의 마음이 보고 싶다면
사람들로 북적대는 거리보다
섬으로 여행을 계획하라
섬에 가면 파도가 흘리고 간
시를 줍는 시인이 반긴다

검은등뻐꾸기

꽃을 보러 산을 오르다가
운이 좋으면
검은등뻐꾸기 소리를 들을 수 있다
한참을 울다 날아가는
검은등뻐꾸기 소리는
무더운 여름 바람을 만나는 것 같다
바람은 잠시 스치고 지나가지만
새소리의 여운은 산행 내내 함께한다
홀딱벗고라는 별명을 가지고 있는
검은등뻐꾸기의 소리는
어깨에 진 짐 홀딱벗고 살아라
마음을 누르는 짐 홀딱벗고 살아라
요즘은 아침에 집에서도
이 새의 울음소리를 가끔 듣는다
하루를 걱정하는 시간에
너의 울음소리를 들을 수 있는 것은
행운의 주문을 받은 것과 같다
하루를 홀딱벗고 살으라는

수묵화

거실에 걸린 수묵화에서
물소리가 나는 것 같아
살며시 귀를 가져가 본다
화려한 유채화처럼
드러내 내는 소리가 아닌
스며있는 소리
산이 물줄기를 만나
계곡을 여는 소리처럼
머물지 않고 흐르는 소리
한지를 찾아온 바위와 나무가
내 시선을 잡았다가
놓아주기를 반복하니
수묵이 어렴풋 옅어지면서
침묵하는 여백의 소리
그림 속의 또 다른 세상이
나를 부르는 것만 같다

당신은 누구세요

맞은편에 마음에 안 드는 사람이
점잖게 앉아서 나를 보고 있다
흰머리와도 아주 친해 보이고
우수에 빠진 웃음기 없는 얼굴이
너무 낯설어 나를 슬프게 했다
이럴 줄 알았으면 염색이라도 할 걸
억지로 웃음을 지어보지만
과거의 얼굴을 찾으려 애써보지만
분명히 저 사람은 내가 아니었다
차라리 눈을 감고 앉아 있기로 했다
시외버스 맨 앞자리에 앉은 죄로
누군지 알고 싶지 않은 사람과
마주 앉아 목적지에 도착할 때까지
장님이 되어 묻고 또 물었다
당신은 누구세요 나를 아시냐고

사람의 벽

콘크리트벽보다 사람의 벽이 더 높아
벽이 있어도 벽 너머는 없다
벽을 넘기 위해 사다리를 만들어도
사람의 벽이 사다리보다 더 높다
벽을 넘는다는 것은
사람을 넘어서야 한다는 것을 말한다
어깨를 내어주어도 넘기 힘든 벽을
발목을 잡고 놓아주지 않는 사람의 벽
우리가 지금 넘어야 할 벽은
부모요 형제요 친구요 이웃이지
미국이나 일본이란 물리적 벽이 아니다
우리가 한몸이 되지 못해
미국이나 일본이란 벽이 생긴 것이다
사람과 사람의 벽이 하나가 될 때
벽은 스스로 몸을 낮추게 될 것이다

불심

산을 오르는데 어느 골짜기선지
산이 들썩거릴 만큼
명징한 목탁소리가 들려왔다
내 기억으로는 이 산에
절이 없는 것으로 알고 있는데
어느 영험한 스님이 찾아와
불공을 드리고 있는 것은 아닐까
명품악기에서 느끼는 소리가 다르듯
목탁의 울림이 가슴을 두드린다
몇 번을 발걸음을 세워놓고
두리번거리게 만드는
고목에 아주 작은 절을 짓고
목탁을 치는 딱따구리의 불심이
나와 함께 산을 오르고 있었다

크리스마스이브의 탄식

절정을 달리던 기계음들이
다시 돌아내려 오면서
퇴근시간이 5분 남았는데도
순식간에 공장은 절간이 되었다
불길한 적막이 흘렀고
관리자의 연장근무가 전달됐다
그래도 특별한 날인데
잠깐 훈시 정도 하고
없던 일로 하겠지 하던 기대감도
기계의 손들이 음계를 다시 치면서
처절하게 분쇄되었다
크리스마스이브의 약속들이
물거품 되는 순간
여기저기서 탄식이 흘러 나왔고
들떠있던 청춘남여의 표정들이
실망과 배신감에 일그러졌다
그해 크리스마스이브에는
괘씸죄에 걸려 꿈같은 시간이
공장에 갇혀있어야 했다

슬픈 저녁

하루가 거미집으로 자러 오면
거미는 해를 먹다 토해내고
붉게 너즈러진 시간들이 운다
모두가 쉬어야 할 공간
그림자만 들어와 차지한 풍경에
저녁이 슬프다는 걸 알았다
내가 하지 못할 일이라면
누가 있어 이 어둠을 거둘 것인가
슬픔에 지쳐 한이 맺힌
호랑지빠귀는 귀신처럼 울고
바람이 다가오는 소리가 무서워
등을 밝혀 나를 찾아보지만
이미 어둠에 먹힌 나의 심장은
집주소를 기억하지 못하고
거리를 배회하고 있는
저녁의 구애에 반색하며 운다

기생(寄生)의 계보

기생충이나 기생식물이란 말에
거부감을 가지지 않는 사람은 없다
기생인간이라는 말을 듣게 되면
동의하고 싶지 않아
온갖 변명 다 불러오려 할 것이다
기생이란 말을 달리 말하면
공생이란 말과 다르지 않다고 본다
음식이 필요해서 먹었고
그 일로 기생충이 생겨난 것처럼
피하기 힘든 현실을 긍정하는
삶의 자세가 공생인거고
기생충과 기생식물이 되는 것이다
사람은 더 원초적이고 분명하다
자연에 기대지 않고는
단 하루도 살아갈 수 없는 존재가
사람이기 때문이다
자연 없이도 인간이 살 수 있다는
반증을 제시하지 못하고는
기생의 계보 맨 윗자리에는
인간이 앉아있어야 할 것이다

비싼 명함

명함을 내밀 때는
잘 부탁합니다 아니면
나 이런 사람이야 라는
의미가 담겨있다
세상과 거리를 두고
생활한지 오래되다 보니
명함을 만들어
다니지 않은지도 꽤 됐다
그러다보니
처음 만나는 사람에겐
인사로 시집을 건넨다
만원짜리 명함인 것이다
나 이런사람이야를
글 몇 줄로 말하지 않고
책 한권으로 보여주는
비싼 명함인 것이다

오월의 뒷모습

사람이든 시간의 흔적이든
뒷모습이 아름다우면 좋을 텐데
계절과 동거를 피할 수 없는 삶이라면
첫사랑을 바라보던 그 마음으로
너 아니면 더 이상
살 수 없을 것 같던 그 마음으로
후회 없이 사랑을 했어야하는데
그리하지 못하고 보내는
너의 뒷모습을 보고 있으려니
낯선 인연과 마지못해 동거를 하다가
떠나보내는 것 같아 못내 아프다
너의 뒷모습에 새겨진 재앙의 흔적들
나의 뒷모습을 보는 것 같다
가장 화려했어할 너의 시간들이
이제 나를 두고 떠날 시간이다

별을 추모하다

달마중 나왔다 개울에 빠진 별들
작은 은빛물고기들의 포로가 되었다
밤새 꼬리치며 노는 물고기들에게
희롱당하면서도 물속의 또 다른 천지
은하수나라는 무너지지 않았다
온통 꽃길인 줄 알았던 어린시절은
잠시 한눈을 파는 사이
별들과 함께 눈 밖에서 사라져갔다
어른이 되어서도 별을 잊지 못하고
밤을 기워가며 찾으러 다니는 사람들
별의 아름다움을 보려는 것이 아니라
추억을 찾으려고 하는 것이리라
그 많던 별들은 어디로 갔나
다시 오지 못할 별들을 추모하는 밤
물고기들도 하나둘 사라지고
가슴속 또 다른 세상도 작아진다

꽃의 비밀

꽃을 만난다는 것은
신이 그린 그림을 보는 것
신이 쓴 시를 읽는 것
신이 빚어낸 음표에
혼을 담아 노래하는 것
꽃을 찬미하는 것은
신을 믿는다는 것이고
신을 이해하고 바라볼 때
기적이 일어나듯
꽃을 만나 눈이 열리면
신과 더 가까워지고
새로운 세상으로 들어서는
비밀의 문이 열린다

믿고 싶지 않은 이별

– 고 박원순 서울시장 추모 –

꿈속에서도 보내기 싫었는지
그의 영정 앞에서 합장하려는 순간
서둘러 꿈을 깨고 말았다
천수를 누리다 죽음을 맞아도
허망하기 그지없는데
급하게 가시게 했던 굴레가
무언지 그저 원망스러울 뿐입니다
인연은 여기서 끝났지만
당신은 영원한 서울시장이 되셨습니다
그토록 염원했던 한반도의 평화를
당신은 갔어도 잊지 않고
우리 곁으로 보내주시리라 믿습니다
아직은 보내기 싫은 당신이기에
허무함의 극치를 견뎌야할 시간들이
한동안 울먹일 것 같습니다

너는 어느 별에서 왔니

육은 깨지고 오염되지만
영은 부러지지도 썩지도 않는다
영이 육으로부터 탈출하는 순간을
우리는 죽음이라고 한다
출생이 인생의 가장 큰 사건이라면
죽음은 가장 큰 충격이다
감당할 수 없는 일을 만나면
피난처를 찾게 되는 것은 인지상정
영은 탈출을 시도하려고
가능한 한 육에서 벗어날 수 있는
가장 먼 곳으로 순간이동을 한다
순간이지만 그 시간과 길이는
인간의 셈법으로는 측량이 불가하다
순간이동시 받는 충격으로
영은 모든 기억을 상실하게 되고
순간이동으로 도착한 뒤
새로운 기억이 시작되는 별에서
영은 새로운 육을 만나
다시 공존을 시작한다

매미는 울어야 산다

종족이 끊기지 않도록
애타게 짝을 찾아 부르는
신성한 사랑의 노래를
누가 시끄럽다하는가
암흑 속에서 칠년을 살다가
새옷 입고 세상에 왔으니
목청이 터지도록 울지 않고서는
어찌 그 기쁨을 말하겠는가
매미의 짧은 생이 우기에 갇혀
제때 울어보지 못하고
삶을 마치면 얼마나 섧겠는가
햇볕이 발악을 하는 날
매미소리 하늘까지 올라가
태양을 삼킬 듯이 운다고
시끄럽다 귀를 막기 전에
내 삶은 얼마나 진지했는지
먼저 생각해 볼일이다

사랑의 바이러스

바이러스 장벽이 높다 해도
그리움의 높이보다는 낮다
몸뚱이를 짊어진 사랑은
장벽을 넘어 오고가기 힘들지만
사랑의 바이러스인 그리움은
장벽을 넘어 오고가는 데
아무런 걸림이 없다
세기말적 현상의 시작을 알리는
코로나바이러스도
사랑의 바이러스 그리움에게는
더는 장애가 될 수 없다
인류의 회복에 대한 희망은
바이러스 중에 가장 높은
사랑의 바이러스에 감염된
그리움의 가치를 찾는 것이다

나무의 눈

나무의 눈과 마주쳤다
사람과 눈이 마주칠 때는
오랜 사이라할지라도
한참을 바라보지는 않는다
옹이진 눈으로 나를 바라보는
나무의 눈은 편안했다
세월의 풍파를 다 받아줬을
나무의 옹이가 눈이 되어
세상을 보고
사람을 바라보는 것이
참 다행이라는 생각이 든다
나무옹이 같은 눈을 가진
그런 사람이 되고 싶다

제4부

낙엽의 유언

입추유감

세 계절 동안 잠만 쳐 자다가
부스스 일어나서도 잠이 덜 깼는지
한동안 비몽사몽 걷지 못하더니
말복이 지나서야 겨우 고개를 들고
처서쯤에 이르러서야
산으로 들로 산책을 나선다
가는 곳마다 형형색색 곱게
칠로 단장하고 다니지 않았다면
널 기다리던 마음들이 그예
무너져 내리고 말았을 것이다
우리가 가을의 한가운데로
선뜻 걸어 들어갈 수 있었던 것은
네가 그린 그림들의 색깔이
너무 선연해 반성하는 너의 몸짓을
용서해 주고 싶어서인지 모른다
내년에 다시 찾아올 때에는
지난 계절에 진 빚 다 갚고서
당당한 모습으로 섰으면 좋겠다

시간의 섬

오지도 않은 가을을 유혹
잘 익은 시간을 마시기 위해
커피를 시켜 놓고 앉는다
계절이 묻는다
당신은 여름인가요 겨울인가요
나는 과거도 아니고
더더욱 미래에서 온 사람도 아니다
아 그럼 당신은 가을이군요
더 이상의 뻔한 대답이 싫어
커피숍 문을 열고 나오는 순간
나는 또 다시 여름이 된다
나를 찾아온 가을은
온통 여름에 포위되어 있었고
내가 유혹한 가을은
계절을 잊은 시간 속에 갇힌
문 없는 시간의 섬이었다

첫눈 소식

첫눈은 밤새 몰래 다녀가거나
오더라도 눈만 간지럽히다
흐지부지 끝나기 일쑤인데
오늘은 첫눈 광고사진 찍듯이
샤갈의 눈 내리는 마을을
그려라도 줄 것처럼
나의 정수리를 내리 찍고
심장 한가운데 빛으로 박힌다
첫눈이 내리는 날은
만남의 약속이 없어도 좋다
오로지 눈을 만나는 것으로도
오감이 행복해질 수 있고
희미해져가는 지난 시절들과
해후도 할 수 있고
별을 따기가 힘든 요즘에
하얀 별이 되어 떨어져 주니
첫눈이 오면 꿈도 돌아온다

통일은 무지개다

무지개에 일곱 개의 길이 있듯
통일이 되면 일곱 개의 길이 열린다
첫 번째가 전쟁과 분단으로 받은 상처를
치유하는 길이다
두 번째가 자본주의나 공산주의는 한계가 있다
그 한계를 극복할 수 있는 상생의 길이다
세 번째가 백두에서 한라로 남북이 왕래하여
민족의 정기를 잇는 길이다
네 번째가 미국과 중국의 속박에서 벗어나
진정한 자유국가로 탄생하는 길이다
다섯 번째가 전쟁영웅을 미화하던 시대는 갔다
전쟁이 없는 평화의 길이다
여섯 번째가 금수강산을 가꾸고 살려내
약속된 미래를 여는 길이다
일곱 번째가 다신 남남이 되지 않겠다
하나가 되는 길을 여는 것이다

가을의 선물

외롭다는 것은 축제의 시간이 남아있음이고
흘릴 눈물이 있다는 것은 기쁨이 남아있음이다
더 이상 외로울 것이 없을 때는
숲속의 바위나 나무의 눈을 보라
더 이상 흘릴 눈물이 없을 때는
구름 사이로 떨어지는 빗물들의 언어를 보라
가을에 스미듯 젖는 고독과 눈물은
인생을 살찌우는 묘약과 같은 것이니
신의 선물로 알고 피하려하지 말자
가슴이 남아있고 따듯한 사람이 외로운 것이니
마음이 착한 사람이 눈물이 많은 것이니
계절의 스승 가을과의 대화를 피하지 말자
시인이 가을을 볼모로 시를 쓰는 것도
가을이 품은 사랑의 묘약을 훔치려는 것이다

봄의 심장

우리를 숨 쉬게 하는 건 심장이다
심장을 뛰게 하는 것은 도발이다
눈 쌓인 젖가슴 같은 들판에
붉게 노랗게 하얀 눈보다 더 활짝 웃는
저 꽃들이야말로 도발이다
차디찬 눈 속에 피는 꽃들이야말로
수많은 생명을 잉태하는 봄을 열기위해
오래 머물지 못하는 생의 운명을
거부하지 않고 겨울을 독려하며
봄을 부르는 봄의 심장인 것이다

현대판 두문동 사건

나는 지조 있는 선비가 못 된다
그럼에도 두문동에 은거하며
두문불출한지 일주일이 되었다
아니다 유폐되었다는 것이 맞다
언제부터 우리동네가 두문동이 되었나
불청객 황사가 찾아왔을 때도
동네이름은 그대로였고
불출까지 하지는 않았었다
황사가 진화하여 이렇게 될 줄 몰랐나
오랜 기다림 끝에 찾아온 봄이
너무 낯설고 나의 편이 아닌 것 같아
꿈을 많이 꾸어야 할 이 계절에
두문불출의 시간이 길어지니
불면의 밤도 따라 깊어지고 있다

봄날이 운다

황사가 날아오던 그 시절엔
눈병만 조심하면 봄날은 웃었지
일 년을 달려온 봄이지만
미세먼지에 갇혀 봄날이 운다
숨통조이는 미세먼지의 키스에
사람들 발길이 불안하니
시장을 찾는 이 없어 봄날이 운다
내로남불로 갑질해대는
겉은 봄이고 속은 겨울인 년놈들로
한반도의 봄이 또 속절없이 운다
일 년을 기다려 꽃을 피워 놓고
해그림자 잡고 임을 기다리지만
미세먼지에 발목 잡힌 내 님
이 봄에 다시 만날 기약 없다고
봄날이 운다 통곡을 한다.
서럽고 두려운 마음 어쩌라고

여름은 시작이 없다

계절을 알리는 절기 가운데
존재감이 가장 약한 것이 입하이다
입춘이 되면 사람만큼이나
삼라만상도 환영일색이다
여름의 등을 떠밀며
새침해진 가을을 추억하는 시들이
입추를 환영하느라 바쁘고
시 한편 다 읽기도 전에
가을의 짧은 그림자가 낙엽에 묻힌다
아쉬움이 남는다는 것은
떠나보내기가 싫다는 것으로
겨울을 깨우는 입동이
달갑지 않은 이유이기도 하다
존재감 없이 시간을 끌고 가야하는
여름은 시작도 감동도 없다

해무

해무가 끼면 섬 전체가 산이 된다
배를 타고 산을 오르면서
길을 잃을까 걱정은 하지 않는다
길이 있는 곳에서 길은 잃는 것이기에
길이 없는 곳에서는
길을 잃을 일은 없기 때문이다
그리움을 그려보라고 하면
주저하지 않고 해무를 그릴 것이다
그리움으로 가는 길이 있다면
그 길이 해무일 것이지만
그리움으로 가는 길은 보여주지 않는다
해무가 끼면 섬은 산이 되고
산은 바다가 토해 놓은 시간을 마시며
그리움의 언어들을 배우게 되고
섬은 해무가 필 때 나이를 먹는다

바람아

바람아 울지 마라
눈물 많은 내 인생
눈물 한줌 보태려느냐

바람아 웃지 마라
웃어도 웃는 것이 아닌 내 인생
너마저 나를 비웃느냐

바람아 떨지 마라
너마저 세상이 두려우면
천길 끝 내 인생
누굴 믿고 살겠느냐

바람아 바람아 바람아
내 인생 좋은 날에
넉넉한 빛으로 만나자

가을은 몸으로 말한다

가을이 되면 자연은 비우는데
사람들은 더 채우려 한다
나무와 식물들은 미련 없이
가벼운 몸뚱이로 겨울로 가지만
사람들은 옷을 더 껴입고
저장한 음식들과 겨울로 간다
닥쳐올 겨울준비 때문에
사람들은 가을을 볼모로 잡고
빼앗아 채울 줄만 알지
인생을 비우는 법을 잊고 산다
겨울의 채찍이 사람들한테만
가해진다고 생각하지마라
가진 것을 비우건 더 채우건
겨울을 피할 수 없음을 알라
가을이 몸으로 말하고 있는데도
비울 줄 모르는 사람은
가을의 이방인이 되는 것이다

역류

더 이상 내려설 곳이 없을 때
물은 역류를 감행한다
윗물은 맑고 아래로 갈수록
점점 탁해지게 마련인데
상류가 더 오염이 되면 물은
그곳으로 흘러야 하는 줄 알고
역류를 꿈꾼다
상류에서 빛을 내지 못할 물이라면
모태를 찾아 거슬러 올라온
연어 떼에게 면박 당하지 말고
역류의 손길이 미치기 전에
서둘러 바닥으로 내려가는 것이
이생에서의
마지막 삶의 보시가 될 것이다

봄의 부재

꽃은 피어 웃음 짓는데
꽃의 향기를 맡지 못하니
봄은 왔는데 봄이 없다
누가 혼자 봄을 붙들고
세상을 흔들어대는가
진달래처럼 붉게 피었을
그녀의 얼굴도 가려버리고
봄에 얼굴 한 번 보자던
전화 속 친구의 목소리가
아직도 먹먹한데...
어느 몹쓸 것이
봄을 혼자 차지하고는
봄꽃을 보며 몸을 녹이는
나의 봄을 빼앗는가
봄은 왔는데 산과 들이
발걸음에 밟히지 않으니
봄의 부재가 분명하다

고향은 추억이다

젊은 날 타향살이에 길어진 그림자가
고향 가 부모님 만나보면 짧아질까 해서
머릿기름 바르고 고향을 찾아 갔지만
고향집 사립문을 나설 때마다 번번이
더 무거워진 마음의 짐 감당하기 힘들어
또 속았다는 생각에 다시는
고향에 내려가지 말자 다짐하면서도
고향의 냄새는 첫사랑 향기처럼 짙었다
추억이 기다리고 있는 줄 알고 찾는 고향이
슬픔이 차곡차곡 쌓인 무덤밭일 줄이야
추측컨대 환갑쯤 지났을려나
저 고개 너머에 슬픔만 있는 줄 알았는데
추억이 남아 기다리고 있었다
한 몸이 되어 놀아주던 고향산천도
나를 기억하지 못하는 것 같고
나의 이름을 불러주던 사람들도 떠났고
형제들한테서도 고향의 냄새가 지워진
이제 고향은 추억으로만 남아버렸다

봄바람

사철바람 중 오직 봄바람만
사람인 여인이 등장한다
봄에 바람나지 못하는 여인은
여자로서 많은 것을 잃은 것이다
봄바람 나는 것과 바람난 것은
전혀 다른 거란 말은 하지 않겠다
봄에 바람나지 않고서야
어떻게 꽃을 피울 수 있겠는가
바람에 유혹당해 핀 봄꽃들이
여느 계절에 피는 꽃보다 아름답다
봄바람 난 여인을 보는 것은
꽃의 절정을 보는 것과 같으며
드러내 봄바람 나는 것은
모진 시간들을 견디고 건너온
여인이 꽃으로 피는 일이다

바람의 구애

희롱에 가까운 꽃에 대한
바람의 구애가 집요하다
꽃이 혼비백산하여
사방을 분간 못한 채 흔들렸다
꽃을 탐하던 나비 또한
당황했는지 춤사위가 어지럽다
이 장면을 찍으려던
나의 눈과 손도 생각이 많아졌다
한참을 수작질하던 바람이
노골적인 구애가 창피했는지
잠시 숨을 멈추고 눈치를 본다
찰칵 소리가 나면서
순간이 영원의 시간을 낚았다
나는 꽃과 나비의
정사씬을 몰래 훔치려다가
바람의 구애를 찍었다

섬은 산이다

바다가 욕심을 덜 부리고
남겨 놓은 것이 섬이다
섬이 바다의 손길이 미치지 못한
산이라는 것을 모르는 것 같다
배를 타고 섬에 가는 것은
배를 타고 산을 오르는 것
바다가 대륙을 양보하면서도
끝까지 지키고 싶었던 것이 섬이다
작은 대륙 아름다운 산을
품안에 두고 싶어 했던 것
바다의 허락을 받아야
올라갈 수 있는 산이 섬이다
바다가 숨을 돌리러 찾아오는 곳
어떠한 대가를 치러서라도
마지막까지 지켜야 할
섬이라 부르는 작은 대륙

입동

입춘이 알림이라면
입동은 경고다
화려해진 가을의 교만에
주의를 줘야하기에
입동이란 경고가 뜨고
겨울이 찾아오는 것
달갑지 않은 절기지만
가을을 보낸 사람은
겨울은 필연과 같은 것
선을 넘은 것들은
입동이란 경고문자에
작은 바람에도 떨어지는
나뭇잎들처럼
이별을 준비할 때다

낙엽의 유언

낙엽 바스락대는 소리에
마음을 여미는 계절이 왔다
마음을 숨기지 못하고
온몸으로 울지 않고서는
시간과 동행할 수 없는
잔인한 계절에 붙잡힌
낙엽의 유언이 밝히는 계절
차마 드러내지 못하고
마음을 꼭 가둔 채
몸으로 울지 못하는 내가
부끄러워해야 할 계절이 왔다
나도 낙엽처럼
유언의 몸짓은 아닐지라도
온몸으로 울어보고 싶다

눈물의 미학

울고 싶은 일이 있으면 모아뒀다가
소나기 울부짖는 날에 울어라
감당하기 힘든 슬픔이라면
소나기 우는 날 함께 아픔을 나눠라
인간의 슬픔이 아무리 크다한들
신이 가진 슬픔만 하겠는가
기쁨의 눈물도 있지만 그것은
눈물이 아니라 감동의 언어이다
눈물은 슬픔이 은유화 된 언어이다
감추고 싶은 슬픔이 있다면
소나기 우는 날 눈물을 보여라
그렇다고 신을 너무 아프게 하지마라
그대의 눈물 다 거두어 주기엔
이제 신도 많이 지치지 않았겠는가

가을은 서정시다

가을엔 들녘을 나가봐라
보이는 모든 것이 한편의 시다
무심하니 걷기만 해도
시가 친구하자고 말 붙여온다
시라고 꼭 활자화 될 필요는 없다
마음속에 시가 찾아오면
오래도록 붙잡고 있으면 된다
작은 바람이 음악이 되고
춤을 추는 들꽃들이 댄서가 되고
풀벌레악단의 금관악기가
가을빛을 받아 화려함을 더하고
비발디의 가을을 굳이
음반을 사서 들을 이유가 없다
시와 친구가 되고 싶으면
서정시 기다리는 가을들판으로
소풍을 나가면 될 일이다

11월에 만난 광대

때 이른 봄 광대분장을 하고
활짝 웃으며 나 다시 왔어
너스레 떠는 이 꽃에게
누가 광대라는 이름을 붙였을까
초봄에 만난 광대는 광대가 아니다
11월에 피어 나의 발을 붙든
너는 화장을 짙게 하고
익살스런 표정을 짓지 않아도
제대로 광대 짓을 한거야
첫눈이 도둑처럼 털고 간 12월에
너를 만났다면 아마 내가
광대가 되어 너를 놀래켰을 거야
때만 되면 환심을 사려고
거짓광대 짓하는 나으리들은
11월에 핀 광대나물에게
진정한 광대의 삶을 배워라